Marion Jana Goeritz

Die verzauberte Wiese

Bibliografische Information der Deutschen Nationalbibliothek:

Die Deutsche Nationalbibliothek verzeichnet diese
Publikation in der Deutschen Nationalbibliografie;
detaillierte bibliografische Daten sind im Internet über
http://dnb.dnb.de abrufbar.

© 2016 Marion Jana Goeritz

Coverbild: Marion Jana Goeritz

Herstellung und Verlag: BoD – Books on Demand,
Norderstedt
ISBN: 978-3-7412-0772-3

Herzlich Willkommen, liebe Leser

lassen Sie sich entführen in eine Zeit, die es schon lange nicht mehr gibt, und doch ist etwas in unserer Zeit noch davon vorhanden.

Was es sein könnte, das werden Sie ganz allein herausfinden. Für den einen das, für einen anderen etwas anderes, und für einen weiteren vielleicht, ganz vieles.

Eine Geschichte für „Große" Kinder.

Ich wünsche Ihnen viel Freude beim Lesen.

Herzlichst
Marion Jana Goeritz

Das Kleid war schon lange nicht mehr schneeweiß und die roséfarbenen Blüten, das es am Rock trug, waren verloren gegangen.

Helenas Gesicht war gezeichnet von Furcht und Hunger. Sie weiß nicht, wie lange sie durch diesen Wald lief, aber lang genug, um endlich wieder etwas Essbares zu sich nehmen zu können.

Doch sie fühlte viel zu viele Ängste, um sich auf die Suche nach Beeren zu machen, lieber lief sie weiter, immer weiter. Rosalie dagegen war auf dem Weg geblieben. Irgendwann, als eine Kutsche des Weges kam, erschraken sich beide Frauen so sehr, das sie sofort den Weg verließen und hinter die Bäume sprangen, die der Anfang eines großen Waldes waren. Rosalie versteckte sich hinter einer dicken Eiche, doch

Helena rannte wie um ihr Leben und lief orientierungslos im Wald umher. Ob sie sich je wieder finden würden? Das wussten beide Frauen nicht.

Die ersten Häuser, die zu einem kleinen Dorf gehörten, waren zu sehen. Rosalie, zog an ihrem langen Rock und nahm das Haarband ab, so dass ihre langen, braunen Haare weit über ihre Schultern fielen. Vom langen laufen schmerzten ihre Füße schon und sie setzte sich vorm Dorf auf einen Grenzstein, um etwas auszuruhen. Sie bemerkte die Alte nicht, die mit ihrem Korb hinter ihr hervortrat. Und so war Rosalie sichtlich erschrocken. „Oh Gott, war ich jetzt erschrocken, warum schleichst du dich von hinten an?"

„Ich schleiche nicht, ich bin auf meinem Weg gegangen" sprach die Alte und setzte ihren Korb ab.

„Hast du was ausgefressen?" fragte sie Rosalie.

„Wieso?" fragte Rosalie die Alte unfreundlich zurück.

Diese zog ihre Augenbrauen hoch, nahm den Korb auf und ging nun wieder ihres Weges.

„Hast du was ausgefressen? So eine Alte! Was denkt sie, wer sie ist? Selbst wenn es so wäre, das würde ich bestimmt der ersten, die mir über den Weg läuft auf ihr Brot schmieren." Rosalie schimpfte vor sich her.

Dabei war sie ja nur ärgerlich, dass die alte Frau es genau erkannt hatte und sie fühlte sich einfach nur ertappt. Vielleicht auch etwas ängstlich, das man ihr es wohl ansehen könnte, was sie angestellt hatte.

„Wo würde nur Helena sein?" dieser Gedanke suchte Rosalie immer wieder heim.

Doch Helena lief und lief durch den Wald immer weiter. Kein Mensch hatte diesen Wald je so weit betreten, wie es Helena tat.

Irgendwann war sie so erschöpft, das sie ausruhen musste und so setzte sie sich auf das Gras unter einen Baum und schaute auf eine kleine Lichtung. Doch nicht lange, denn sie kippte um und schlief ein.

Helena träumte von ihrer Flucht, wie sie vor der herannahenden Kutsche floh und in ihrem Traum sah sie Rosalie wieder. Stunden vergingen. Als es dämmerte und die Nacht langsam heran zog, wachte Helena kurz aus ihrem Schlaf auf, und entschied sie sich, unter diesem Baum auch zu nächtigen, bis zum Morgen. So schlief sie wieder ein.

Rosalie ging nun in das Dorf und suchte sich eine bezahlbare Unterkunft. Etwas Geld trug sie noch bei sich. „Ob der Kaufmann sie wieder erkennen würde? Und wenn schon, ihr könnte er nichts beweisen. Geld ist Geld, da steht kein Name darauf. Helena hätte es schwieriger, sie trug ein Kleid, das ihm gehörte und das sie nicht bezahlt hatte. Dieses würde er sicher wieder erkennen."

Rosalies Gedanken kreisten unaufhörlich, dabei kam sie an ein altes Haus. Vor ihm stand eine Tafel, dass man eine Bedienung suchte und der Lohn wäre, freie Kost und Logis. So könnte sie ihr Geld noch aufsparen, dachte sie sich.

Langsam trat Rosalie ein. Eine Frau, deren langes Haar durch einen Dutt gehalten war, sah Rosalie an und zeigte zu einem kleinen Tisch, in der hintersten Ecke der Wirtschaft. Rosalie nahm die Blicke der Frau wahr und setzte sich an diesen Tisch. Es dauerte einen Moment, bis die Frau zu Rosalie heran trat. „Du kommst sicher wegen der Arbeit. Hast du schon einmal bedient?"

Rosalie war erstaunt, woher die Frau das wusste, dass sie wegen der Arbeit herein trat. „Nein. Aber so schwer kann das ja nicht sein. Ein paar Getränke durch die Gegend zu schleppen."

„Ach! Guck an! Du scheinst ja eine ganz schlaue zu sein. Vielleicht solltest du erst einmal versuchen, die Krüge an den Mann zu bringen. Dann reden wir weiter." Die Frau ging und kam nach wenigen Minuten an den Tisch zurück. „Hier zieh diese an." Es war eine Schürze die sie Rosalie reichte.

„Und dann komm zu mir hinter den Tresen."

Die Frau ging und Rosalie band sich die Schürze um.

Einsatzbereit ging sie hinter den Tresen. „Ich bin Davina und nun drehe da den Zapfhahn auf." Rosalie tat was ihr Davina sagte und diese fragte weiter nach, nach dem Rosalie nichts erwiderte „Hast du auch einen Namen?" Rosalie schaute Davina an, als ob sie ihr sagen wollte, hat nicht jeder, irgendeinen Namen. Dann endlich antwortete sie ihr „Rosalie" kurz und bündig. „Nicht so viel in den Krug. Setz ihn erst ab und schenk die anderen ein. Danach lässt du sie wieder voller werden. Hast du alle vier Krüge mit Bier gefüllt, bekommen diese, die Kerle da am Fünfertisch." Dabei schaute Davina an den Tisch, und machte eine zeigende Kopfbewegung dazu. „Hier ist das Tablett, mit dem kannst du die Krüge an den Tisch bringen. Ich bin gleich wieder zurück." Danach ging sie aus dem Raum. Rosalie machte was ihr Davina aufgetragen hatte. Die vier Krüge waren nun Rand gefüllt mit Bier, und sie trug das Tablett mit den Krügen zu dem Fünfertisch. Doch Rosalie hatte wohl den Mund zu voll genommen, denn in mitten ihres Gehens, stolperte sie über eine etwas herausragende Diele im Boden und fiel mit samt dem Tablett, zu Boden. Ein Gelächter im Raum. Die Kerle am Tisch klopften mit ihren flachen Händen auf diesen und schüttelten ihre Häupter, das bei einem, die langen Haare nur so hin und her fielen. Rosalie machte sich daran, alles aufzuheben und achtete darauf, sich nicht in die Hand zu schneiden.

Durch das große Gelächter kam auch Davina wie aufgeschreckt zurück in die Wirtsstube.

„Hatte ich es mir doch gedacht. Von wegen, das kann doch nicht so schwer sein."

„Wäre es auch nicht gewesen, wenn diese Diele da in Ordnung gewesen wäre." gab Rosalie zurück.

„Dass ich nicht lache. Die Diele. Wäre die nicht gewesen, dann wäre der Tisch schuld, weil er viel zu weit hinten gestanden hätte und wenn der nicht schuld gewesen wäre, dann einer der Kerle, weil er dir zu tief in deine blauen Augen geschaut hätte , und wäre das nicht gewesen, dann vielleicht, weil das Tablett nicht in Ordnung gewesen wäre und wenn das nicht, dann vielleicht ,weil gerade ein anderer Gast hereingekommen wäre."

Davina konnte sich gar nicht mehr beruhigen.

„Gut nun!" schrie Rosalie durch den Raum, so dass sogar die Kerle am Tisch innehielten. Davina ging zum Tresen und schenkte ein Glas Wasser ein.

„Hier hast du auf den Schreck ein Wasser, und dann schick dich." das meinte Davina ernst und Rosalie musste nun wieder sehen, wo sie unter kommen konnte. So trank sie auf den Schreck das Wasser und ging hinaus an die frische Luft. Es war schon dunkel und doch ging sie aus dem Dorf. Die Sterne leuchteten und der Mond war zu sehen. Hinter den letzten Häusern am Waldessrand legte sie sich unter einen Baum in das Gras und schlief ein. Bis zum Morgen ruhte sie so aus, dann machte sie sich weiter auf den Weg. Wohin, das wusste sie nicht, doch sie dachte beim Gehen, wieder an Helena.

Helena wachte auf und ging weiter. Auch sie wusste nicht wohin ihr Weg sie führen würde. Sie richtete ihr Kleid an sich und putzte es ab.

„Irgendwann muss ich doch einmal in eine belebte Gegend kommen." dachte sie sich und lief und lief und lief.

Nach einem Fußmarsch von zwei Stunden, kam Helena in einen Ort. Als sie durch diesen ging, war reges Treiben zu beobachten. Es war ein ganz altes Haus, was sie wahrnahm. Es trug Holzbalken im Mauerwerk und hatte ganz kleine Fenster. Etwas zog Helena magisch an. So ging zu diesem Haus. An der schweren Holztür klopfte sie und wie von Zauberhand, ging die von allein auf, so als wäre sie nur angelehnt gewesen.

Hübsch sah es in diesem Häuschen aus. Das hatte Helena von außen nicht vermutet. Links von ihr war eine Stube mit einem großen Schaukelstuhl, einem Kamin und allerlei hübscher Möbel und rechts von ihr, war eine Küche mit vollen Regalen, die Teller, Tassen und Töpfe trugen.

„Hallo? Hallo wohnt hier jemand?" Zaghaft rief Helena in die Zimmer. Aus einem anderen Zimmer trat eine Alte heraus und sie begrüßte Helena mit den Worten „Guten Tag Helena, komm nur herein, auf dich habe ich schon gewartet. Wo hast du Rosalie gelassen?"

Helena erschrak. Nicht vor dem Anblick der Alten, aber vor ihrem Wissen. „Woher konnte sie nur ihren Namen kennen und den von Rosalie und woher wusste sie, das sich beide kannten?" das ging Helena sofort durch ihren Kopf.

Etwas zurückhaltend sagte Helena „Guten Tag gute Frau, woher kennen sie meinen Namen? Entschuldigung, aber ich hatte vorhin gerufen, ob hier jemand wohnt und bin einfach hier herein gekommen. Wenn sie möchten gehe ich gleich wieder."

„Nein, nein mein Kind. Du gehst nirgendwo hin. Ich hatte doch gerade gesagt, dass ich auf dich schon gewartet hatte."

Helena empfand diese Alte als sehr freundlich, aber sie hatte doch etwas Angst. Woher kannte sie sie nur?

„Sicher hast du Hunger und Durst? Oder?" fragte die Alte Helena, und diese nickte zustimmend. „Dann werde ich ein Brot und Wasser bringen, lass uns in die Stube gehen, da kannst du dich ordentlich ausruhen. Und dann erzählst du mir alles."

Helena hörte auf. „Was alles?" fragte sie nach.

„Alles was ihr angestellt habt, mein Kind. Das muss wieder in Ordnung gebracht werden. Egal wie. Es muss. Für dich, für Rosalie, für die Menschen, denen ihr Schaden zugefügt habt."

Helena wollte gerade in die schöne Stube gehen, da eilte sie zur schweren Holztür und wollte nach draußen.

„Halt! Nicht so eilig junges Ding! Wir werden uns erst noch unterhalten müssen. Das sagte ich doch bereits." das meinte die Alte sehr ernst und in diesem Augenblick, als sie diese Worte aussprach, stoppte Helena ihren Gang. Nicht, weil sie ihr gehorchen wollte, nein, weil sie musste. Etwas in ihr ließ sie nicht mehr gehen. Wie von Zauberhand musste sie stehen bleiben. Sie konnte keinen Fuß mehr vor den anderen setzten, nicht wenn sie zum Ausgang wollte. Und so blieb Helena nichts weiter übrig, als der Alten in das Zimmer zu folgen.

Mit einer Handbewegung zeigte die Alte, Helena einen Platz, den sie einnehmen sollte. Es war ein Sofa mit einer warmen Decke darauf. Helena setzte sich und aß vom belegten Brot und trank aus dem gereichten Becher, das Wasser aus. Jetzt fühlte sie, wie hungrig und durstig sie eigentlich war und war dankbar für diese Brotzeit. Müde war sie vom Laufen. Und so legte sie ihre Füße hoch und schlief ein. Die Alte nahm die Decke vom Sofa, deckte Helena damit zu und lies sie schlafen. Helena schlief auf dem Sofa zwei Tage und zwei Nächte durch.

Durch den Trubel der durch das geöffnete Fenster herein drang, erwachte Helena langsam, doch sie war ausgeruht, aber etwas erschrocken als sie bemerkte, wo sie war. So richtig konnte sie sich nicht gleich daran erinnern, wie sie hier her gekommen war.

„Guten Morgen mein Kind. Du solltest ausgeruht sein nach deinem langen Schlaf. Hier bringe ich dir etwas zur weiteren Kräftigung. Essen, hält Leib und Seele beieinander. Lang zu. Danach lasse ich dir ein Bad ein und bringe dir ein sauberes Kleid. So kannst du ja unmöglich bleiben. Alles ist schmutzig, und verschwitzt wirst du ja auch sein. Doch iss erst einmal."

Helena aß. Wie gut ihr das tat. Nach so langer Zeit, endlich wieder etwas zwischen die Zähne zu bekommen, dass auch noch schmeckte. Sie war froh, dass sie in dieses Haus gegangen war. „Wie heißt du eigentlich? Meinen Namen kennst du ja, da wäre es ja nur richtig, wenn ich auch den deinen kennen würde." fragte Helena während sie aß. „Mein Name ist Violetta."

„Violetta" wiederholte Helena, was die Alte sagte und ergänzte „Was für ein ausgefallener Name. Er gefällt mir. Da denke ich gleich an lila Blumen."

Der Vergleich gefiel Violetta.

Sie ging aus dem Zimmer und lies das Wasser in die Badewanne ein, in der Helena gleich sitzen würde.

„So, das der kleine Schmutzfink sauber werden kann." meinte Violetta, und sie bemerkte wohl, dass sie einen Narren an Helena gefressen hatte. War sie doch so ganz anders, als Rosalie. Die hatte immer nur grantige Worte übrig, natürlich auch aus Angst, das war Violetta schon klar, aber man kann auch anders mit der Angst umgehen, dass zu mindestens behauptete Violetta.

Helena saß nun in der mit Wasser, voll gelassenen Wanne und sie genoss es. Nach dem sie sich sauber schrubbte, entspannte sie noch eine Weile im warmen Wasser und zog dann die frische Kleidung an, die ihr Violetta bereits bereit gelegt hatte. Helena war dankbar für dieses aufeinandertreffen.

Doch wusste sie noch immer nicht, woher Violetta sie kannte. Ein wenig Angst machte ihr das noch. Aber sie fühlte, Violetta war eine gute Frau.

Als Helena aus dem Bade kam, hörte sie es klappern und es kam aus der Küche. So ging sie herein und sah das Violetta Kräuter ansetzte. „Das mache ich schon mein Leben lang. Ich lernte es einst von einer Alten aus dem Dorf. Ach her je, sie lebt schon lange nicht mehr. Sie nahm mich mit in die Wälder und zeigte mir die Pflanzen, die hilfreich sind, für Seele und Körper. Und als sie damals starb, machte ich ihre Arbeit weiter, bis heute gehe ich in den Wald und sammle sie. Der eine hat mal Magenweh, der andere kann nicht schlafen, so habe ich immer etwas da und kann ihnen helfen. Komm her, schau zu und lerne."

Violetta erzählte von den Kräutern. Wo sie diese fand, wann sie diese pflückte.

Obwohl Helena noch nie damit etwas am Hut hatte, begann sie sich doch dafür zu interessieren.

Es dauerte eine ganze Zeit, bis Violetta ihre Arbeit verrichtet hatte und alles an seinem Platz war und so waren einige Stunden vergangen.

Beide gingen in die Stube, und als Violetta sich in ihren Schaukelstuhl setzte, das Strickzeug zur Hand nahm und zu stricken begann, wies sie Helena an, wieder ihren Platz auf dem Sofa einzunehmen und ihr nun zu erzählen, was ihr auf der Seele lag und warum sie so lange unterwegs war.

Helena setzte sich auf das Sofa. Ihr Blick fiel hinaus aus dem Fenster in den kleinen Vorgarten des Hauses. „Ich war die jüngste Tochter einer sehr armen Familie. Meine Eltern starben und ich blieb allein zurück. Meine drei älteren Geschwister, zwei Schwestern und ein Bruder zogen weg. Ich wollte es nicht. Wollte am Grab meiner Eltern bleiben. Alle drei kümmerten sich dann nur noch um sich und hatten mich in unserem Dorf gelassen, in dem wir aufwuchsen. Irgendwann bekam ich Hunger, doch hatte nichts mehr zu essen. In der alten Wirtsstube im Dorf, durfte ich manchmal bedienen und so bekam ich freie Kost und Logis. Aber die alten Kerle, die da saßen und sich lustig über mich machten, raubten mir meine letzten Kräfte. Eines Tages kam ein Kaufmann in das Dorf und stieg im Gasthaus ab. Er war reich. Er aß die teuersten Speisen, die es da gab und hatte viele Koffer bei sich. Rosalie war einsam. Auch sie hatte schon lange keine Familie mehr. Irgendwann kam sie auch in die Wirtsstube und arbeitete in der Küche, sie putzte das Gemüse und wusch das dreckige Geschirr sauber. Eines Ta-

ges meinte sie "Helena lass uns gucken, was der da im Koffer hat, ich habe die Schlüssel zu den Gästezimmern. Es wird ein leichtes sein. Wir nehmen was wir tragen können und hauen ab. Hier hält uns doch nichts mehr."
"Ich zweifelte, aber irgendwie dachte ich damals Rosalie hätte recht. Also machte ich mit. Sie besorgte die Schlüssel zu dem Zimmer des Kaufmannes und als er in der Gaststube sein Mahl einnahm, gingen wir nach oben, nahmen uns Geld und ich ein wunderschönes Kleid. Ich verliebte mich sofort in dieses Kleid. So zog ich es über. Weiß mit roséfarbenen Blüten am Rock besetzt. Auf einmal hörten wir von unten die Stimme des Wirtes. Hat es euch geschmeckt Kaufmann. Wir nahmen an, das der Kaufmann

auf sein Zimmer wollte und waren so erschrocken, dass Rosalie das Geld nahm und ich das Kleid, das ich noch am Leibe trug. Und so rannten wir beide davon. Immer weiter. Irgendwann waren wir aus dem Dorf raus und gingen auf der Landstraße. Rosalie hatte das gestohlene Geld und ich war immer noch in dem Kleid, das dem Kaufmann gehörte. Als wir dann eine Kutsche hörten, versteckten wir uns im Wald. Rosalie war verschwunden, ich sah sie nicht mehr und ich rannte einfach weiter, auch durch Geäst. Später, viel später ruhte ich mich unter einem Baum aus. Von Rosalie habe ich nichts mehr gesehen und gehört. Ich weiß nicht wo sie ist."

Strickend in ihrem Schaukelstuhl hörte Violetta, Helena zu. Dabei kannte sie die Geschichte schon. Ihr war es wichtig, diese von Helena oder Rosalie zu hören, genau so, wie sie sich zugetragen hatte. Das aber, wusste keiner der beiden weder Rosalie, noch Helena.

„Ihr habt also gestohlen. Einen Mann, der sein Geld redlich verdiente, einfach so bestohlen. Ihr beide ward sehr einsam, ja, aber ist das eine Rechtfertigung für euer Tun?"

Helena sah mit gesengtem Blick auf den Boden der Stube. Leise antwortete sie „Nein, ist es nicht. Das weiß ich auch. Und Rosalie bestimmt auch."

„Hm" räusperte Violetta, dabei kniff sie ihre Lippen zusammen, so als ob sie damit sagen wollte, „Ob ich das glauben soll."

Helena schämte sich. Noch nie hatte sie vorher etwas gestohlen. Das hätten die Eltern auch nie erlaubt. Auch sie wären von Helena enttäuscht gewesen. Das wusste sie ganz gewiss. Doch Violetta wusste das auch. Und sie fühlte dass Helena noch lange nicht verloren ist, denn sie hatte ein gutes Herz. „Nun gut Helena, ich glaube, das es sich so zugetragen hatte. Doch was gedenkst du zu tun, um das Unrecht wieder gut zu machen?"

„Wie könnte ich es denn wieder gut machen. Ich weiß nicht den Namen des Kaufmannes und auch nicht, wo er sein zu Hause hat. Und Geld habe ich auch keines, um das Kleid zu bezahlen. Ich würde mich entschuldigen bei ihm, würde er mir über den Weg laufen."

„Aber Helena, du hast gestohlen. Du musst es wieder gut machen. Selbst eine Entschuldigung, kann das nicht wieder wett machen, das du angestellt hattest, und doch ist sie das mindeste was du tun könntest."

„Was meinst du Violetta?" fragte Helena besorgt nach.

„Du wirst mir in meinem Haus zur Hand gehen. Ich werde dir Aufgaben geben, die du gut bewerkstelligen kannst. Mir hilfst du dabei und ich kann etwas mehr ausruhen. Ich bin ja schon lange nicht mehr die Jüngste. Damit kannst du dein Unrecht wieder gut machen, denn ich werde dich entlohnen, wenn du deine Arbeiten gewissenhaft erledigst. Das Geld wirst du aufsparen und es wird dich dein Leben lang begleiten, bis du eines

Tages dem Kaufmann begegnen wirst, den du bestohlen hattest. Du wirst fühlen, wenn er vor dir steht."

Helena wusste nicht, was sie dazu sagen sollte. Aber sie wusste sie hatte einem Menschen Unrecht getan und sie musste es wieder gut machen. Sie war erleichtert, dass sie Violetta nun alles anvertraut hatte und sie ihr helfen würde. Und so wie es Violetta, Helena gesagt hatte, so wurde es auch gemacht. Helena war fleißig. Sie half der alten Frau in der Küche, im Wald, und sie war immer freundlich. So hatte Helena eine schöne, aber auch lehrreiche Zeit bei Violetta.

Rosalie ging weiter ihres Weges, wohin er sie auch führen würde.

Über das Unrecht, das sie dem Kaufmann angetan hatte, darüber dachte sie nicht nach. Eher wohl, wie sie das gestohlene Geld noch weiter sparen könnte.

So kam sie in ein anderes Dorf.

Es war ein schöner, sonniger Tag. Rosalie war hungrig und zählte ihr Geld, was sie noch bei sich hatte. Es war nicht viel. Wahrscheinlich hatte sie auf der Flucht, einiges davon verloren. Das ärgerte sie.

Im Dorf gab es eine Schmiede. Ein alter Schmied hämmerte gerade im flackernden Feuer sein Eisen.

„Steh nicht so herum, bring mir den Eimer Wasser da!" rief er Rosalie zu, als sie in die Schmiede eintrat und wie gebannt in das Feuer schaute. Schnell griff sie den Eimer und brachte diesen dem Schmied. „Da könnt ihr ja von Glück reden, das ich gerade hier vorbei gekommen bin. Sonst hättet ihr den Eimer selbst schleppen müssen." dabei lachte Rosalie. „Aha. Woher kommst du denn?" fragte der Mann nach. „Von draußen." gab Rosalie frech zurück.

„Ganz schön vorlaut. Hab dich hier noch nie gesehen. Also was machst du hier?" wollte der alte Mann weiter wissen.

„Ich schleppe Wassereimer von da hinten, her zum Feuer, für euch, alter Mann."

Der Schmied schaute etwas mürrisch. Denn Rosalie war ihm zu vorlaut. So etwas mochte er nicht.

„Schleiche dich, Mädchen. Die Schmiede ist nichts für dich."

Das gefiel Rosalie nicht und sie meinte „Brauchst du keine Hilfe alter Mann?"

Der lachte und antwortete ihr „Doch, aber von keinem Mädchen. Was wolltest du mir denn helfen. Den Eimer, den hatte ich nur vergessen mir hierher zustellen. Also geh."

So ging Rosalie und ihr Weg führte sie weiter durch das lange Dorf.

Ein weiteres Stück des Weges, kam sie an einer Tischlerei vorbei. Es roch nach Holz. Auch hier trat sie einfach so ein und schaute sich um. „Oh Besuch. Wer bist du Mädchen?" fragte sie ein Bursche. Rosalie blieb stumm und schaute erst einmal weiter. Und als sie so ihre Runde machte, rief der Bursche wieder "He! Was willst du hier Mädchen und wer bist du?"

"Rosalie. Ich bin unterwegs und suche Arbeit. Brauchst du jemanden?" fragte sie nach.

"Nein. Ich brauche niemanden, aber vor dem Dorfausgang, da ist der Fritz, der hat einen Stall voller Kühe, die müssen immer fleißig gemolken werden und die Stallungen ausgemistet. Vielleicht fragst du da nach."

Und so ging Rosalie zum Dorfausgang und kam zum Fritz.

Dieser war gerade dabei die Stallungen auszumisten. "Bist du der Fritz?" fragte Rosalie nach. Dieser hielt inne und stützte sich auf seine Mistgabel. "Ja der bin ich. Und wer bist du?"

„Rosalie. Ich habe gehört du bräuchtest Hilfe bei deinen Kühen?"

„Ja schon. Hast du das schon mal gemacht, Kühe gemolken und Stallungen ausgemistet und wieder neu einstreut?"

Rosalie verdrehte ihre Augen und antwortete dem Fritz „ Nein, habe ich noch nicht. Aber so schwer kann das ja nicht sein. Du machst es ja auch. Oder nicht?"

Der Fritz schaute nicht schlecht. So viel Selbstbewusstsein, aber er gab Rosalie eine Chance. „Nun gut. Wenn du meinst du kannst es. Dann zeig mir das doch einmal, am Besten gleich jetzt. Mit seinem Blick zeigte er ihr wo im Stall eine Schürze hing, diese sie sich umbinden sollte. Als die das getan hatte, gab Fritz, Rosalie seine Mistgabel und sagte ihr „Los geht's Rosalie."

Dabei stellte er sich an die Seite des Ganges im Stall und schaute Rosalie gespannt zu.

Die nahm nun den stinkenden Mist auf die Gabel und tat diesen in die Schubkarre, die auf dem Gang stand. „Wenn diese voll ist, musst du sie auf den Misthaufen im Hof bringen. Oder ich mache das, vielleicht ist das zu schwer für dich." sagte Fritz freundlich.

„Für mich ist nichts zu schwer. Das schaffe ich schon." entgegnete ihm Rosalie. Und so schippte sie eine Gabel Mist nach der anderen auf die Karre und als diese voll war, machte sie sich daran, die in den Hof zu schieben, zum großen Misthaufen. Und wie sie so die Fahrt mit der Karre aufnahm, stellte Rosalie fest, nichts war einfach, das Schippen war schwere Arbeit für sie und die Karre konnte sie nicht halten. Sie kippte und der ganze Mist landete mitten auf dem Gang.

Fritz begann zu schimpfen „Da hattest du dein Mundwerk wohl nicht im Griff. Von wegen, du schaffst das schon. Nun sieh dir an. Du machst mir ja mehr Arbeit, als das du helfen tust."

Fritz wollte das Rosalie wieder geht und meinte „Nichts für ungut, aber für den Stall kann ich dich nicht gebrauchen. Und wenn ich dich melken lassen würde, würde wahrscheinlich noch der Eimer umkippen und die schöne Milch im Stall landen."

So ging Rosalie wieder aus dem Stall und lief die Landstraße weiter, diese aus dem Dorf führte. Wieder würde sie eine Nacht im Freien verbringen müssen und so suchte sie sich ein Plätzchen, wo sie bis zum Morgen verweilen konnte.

Als am Morgen die ersten Sonnenstrahlen durch die hohen Bäume drangen, erwachte Rosalie. Sie hatte von der Alten aus dem Wald geträumt.

Nun machte sie sich wieder zu Fuß auf den Weg und wusste nicht, wohin er sie führen würde.

Sie ging schon ein Stück und plötzlich kam eine Kutsche des Weges. Ihre Angst doch noch erkannt zu werden, das sie den

Kaufmann bestohlen hatte, lies sie wieder in den Wald flüchten. Denn der Kaufmann hatte auch eine Kutsche mit der er damals im Gasthaus war.

Der Kutscher jedoch, hatte gesehen, dass da jemand in den Wald flüchtete und wurde neugierig. Er lies die Pferde halten und rief in den Wald „Komm raus! Ich tu dir nichts. Wenn du willst ich nehme dich ein Stück des Weges mit!"

Doch Rosalie blieb hinter einem dicken Baum versteckt und blieb so lange, bis der Kutscher seine Fahrt wieder aufnahm.

Sie hörte, wie er davon fuhr und kam auf die Landstraße zurück. Es dauerte seine Zeit, bis sie zum nächsten Ort kam. Die Sonnestrahlen waren schon heiß. Rosalie schwitzte und wünschte sich ein Bad mit viel Duftschaum. Sie sah es schon genau vor sich. Doch dazu würde es nicht kommen. Wo sollte ihr das erfüllt werden.

Im nächsten Dorf angekommen, vernahm sie einen Trubel. Diesem ging sie nach und kam auf einen Markt. Dieser hatte, so schien es, mehr Marktstände mit Waren, als Häuser im Dorf standen. Jeder bot seine Waren feil. Die Marktweiber riefen durcheinander und hatten sichtlich Freude daran. Rosalie ging zu einer, die Töpferwaren verkaufte. „Schau ein schöner Krug. Er kann frisches Wasser tragen."

„Ach was." entgegnete Rosalie der Marktfrau, „Was du nicht alles weißt."

Diese fühlte sich so sehr angegriffen durch Rosalies Worte, das sie laut schrie "Was bist du denn für eine. Mach das du Land gewinnst."

"Verkauft ihr die Lose? Dann hätte ich gern eines. Gern würde ich Land gewinnen, es bebauen und später die Früchte ernten."

Rosalie machte sich mit ihren Worten keine Freunde.

Denn auch eine andere Marktfrau, die Korbwaren feil bot hörte, was Rosalie sagte und zeigte mit einer Kopfbewegung zum Ausgang des Marktes. Das sollte Rosalie sagen, verschwinde von hier. Sie verstand das Ungesagte und ging aus dem Dorf wieder hinaus.

So lief sie und lief und hatte natürlich einen großen Hunger.

Doch nirgendwo bekam sie Arbeit, so dachte sie, das Geld, das sie noch hatte, dafür verwenden zu müssen, um sich etwas Essbares zu kaufen. Doch als sie auf der Landstraße ging, standen am Rande lauter Obstbäume. Äpfel. So las sie etwas Fallobst auf und machte es sich im Schatten eines Apfelbaumes bequem. Doch die Wespen ließen sie nicht zur Ruhe kommen, so wechselte sie auf die andere Seite der Straße und legte sich unter eine Kastanie. Nachdem sie einige Äpfel verzehrt hatte, schlief sie ein.

Die Dämmerung setzte schon ein und des Weges kam ein älterer Mann mit einem Esel. Er nahm Rosalie wahr und fragte „Was machst du hier allein. Du bist nicht von hier. Hast du keine Bleibe Mädchen?"

„Nein habe ich nicht, der Apfelbaum spendete mir seine Äpfel und diese Kastanie hier, etwas Schatten."

Ich habe ein Feld zu bewirtschaften im nächsten Ort, es ist nicht weit. Rainfeld liegt nur noch einige Minuten, selbst zu Fuß von hier. Wenn du willst, komm mit, ich habe ein Gästezimmer und morgen früh nach Sonnenaufgang gehen wir auf das Feld. Die Aussicht auf ein Bad mit Schaum rückte näher und ein Bett, das ließ die Sorge um die Feldarbeit verschwinden und so ging Rosalie mit dem Mann mit.

Wie er versprochen hatte, bekam sie ein Bett und auch noch etwas zu essen und sie durfte ein Bad nehmen.

So gut wie in dieser Nacht hatte sie noch nie geschlafen. Am Morgen mit dem ersten Hahnenschrei, war sie wach und der Bauer freute sich.

Zusammen gingen sie auf das Feld des Bauern.

„Alle Rüben müssen wir verziehen. Alles Unkraut muss weg. Hier hast du eine Hacke und ich zeige dir wie es geht." So zeigte der ältere Mann, Rosalie wie sie die Feldarbeit zu verrichten hatte und sie stellte sich das erste Mal in ihrem Leben, gar nicht dumm an. Auch nahm sie ihren Mund nicht so voll, wie die anderen Male zuvor, in der Wirtsstube, beim Schmied, beim Tischler, auf dem Markt.

Nach zwei Stunden Arbeit machten der Mann und Rosalie eine Pause. Sie aßen ihre mitgebrachten Brote und tranken Wasser. Dieses war nicht mehr kühlend in der Kehle, denn die Morgensonne hatte schon Kraft und es gab kein schattiges Plätzchen auf dem Feld.

„Lass uns noch einmal so lange machen, bis die Sonne am höchsten steht." sprach der Mann „Und dann machen wir auf dem Feld Schluss für heute. Wir können ja den Stall aufräumen, der hätte es auch nötig."

„Wie ist eigentlich dein Name?" fragte Rosalie freundlich nach. „Valentin" heiße ich. So nennt man mich, seit fast vierzig Jahren. „Oh je vierzig Jahre." dachte sich Rosalie, behielt aber diese Gedanken bei sich. Sie mit ihren jungen zwanzig, da müsste sie erst noch einmal so lange leben, um das sie so alt wäre wie Valentin. Dabei zog sie ihre Augenbrauen nach oben, und pustete Atem aus ihrem Mund. Die Sonne stieg immer höher und beiden wurde es immer wärmer, in ihren Sachen. Kurz vor Mittag, war die Hitze unerträglich, so ganz ohne Schatten. Valentin, sagte: „Machen wir Schluss. Es wird zu heiß. Gehen wir lieber morgen ganz in der Früh wieder her und tun wir dann unsere Arbeit weiter."

Rosalie war froh darüber, denn ihr rann der Schweiß schon am Körper nach unten. Die Hacken legten sie beide zwischen die Rüben und am Feldrand legte Valentin einen größeren Stein ab. Das wird uns morgen in der

Früh, das Suchen nach den Hacken ersparen. „Ein Stein als Zeichen." erkannte Rosalie, Valentins tun und lächelte.

Auf dem Hof zurück, gingen beide gleich in den Stall. Dort lagen unzählige Rüben vom Vorjahr.

Valentin drückte Rosalie eine Schaufel in die Hand und bat sie, die alten vertrockneten Rüben weg zuschaufeln, dazu stellte er eine alte Karre in den Stall, diese er dann auf den Misthaufen im Hof kutschieren würde. Rosalie erinnerte das an Fritz, da tat sie die Arbeit mit einer Mistgabel.

„Ich hoffe mir ist es nicht zu schwer." dabei sah Rosalie in Valentins Gesicht. Er verstand, und gab ihr zur Antwort: „Gut versuche es, wenn es dir zu schwer ist, dann sammelst du sie mit den Händen ein und gibst sie in die Karre."

Rosalie war erstaunt, dass er sie nicht gleich vom Hof jagte und ging an die Arbeit. Ein paar Schaufeln konnte sie in die Karre geben, doch allein die Schaufel war ihr so schwer, dass sie dann doch ihre Hände dazu nahm, wie Valentin es vorgeschlagen hatte. Und es ging ihr viel schneller von der Hand. Rosalie begann sich auf dem Hof wohlzufühlen. Sie musste hart arbeiten, aber Valentin meinte es gut mit ihr. So langsam wurde sie handzahm.

Am Abend, beim Essen am Tisch, fragte dann Valentin woher sie denn kam. Rosalie wusste, irgendwann würde er es wissen wollen. Nun war es so weit.

„Ich komme von weiter her. Dort hatte ich niemanden mehr und so zog ich los."

„Warum bist du nicht dort geblieben. Da hättest du doch sicher auch arbeiten können, wie hier?" fragte er neugierig nach.

Nun, war es wohl an der Zeit für Rosalie, alles auf den Tisch zu packen. In ihr machte sich ein Gefühl breit, das ihr sagte, wenn du hier bleiben möchtest, dann erzähle ihm alles. Doch gleichzeitig fragte sie sich, ob er sie nicht doch vom Hof jagen würde, erzählte sie ihm, dass sie mit Helena einen Kaufmann bestohlen hätten.

So entschied sich Rosalie für die Wahrheit, denn sie fühlte auch, wenn er sie davon jagen würde, in ihr wäre dann alles aufgeräumt. Wahrscheinlich würde sie sich danach auch besser fühlen, wenn sie sich es von der Seele gesprochen hätte. Und dieses Gefühl hielt schon irgendwie Einzug und so fasste Rosalie ihren ganzen Mut zusammen und erzählte Valentin ihre Geschichte von Anfang an.

Helena war früh aufgestanden und Violetta ging es nicht so gut. Sie blieb im Bett. Doch Helena packte sie warm ein und öffnete das Fenster zum Wald. So kam frische Luft herein und Violetta könnte besser gesunden.

Sie war froh dass Helena da war.

„Mein Kind, nimm den Korb und geh in den Wald. Unter der Anhöhe auf der Wiese, da wächst die schönste Kamille. Hol sie bitte von da, und dann mache mir einen Tee.

Helena tat was Violetta ihr aufgetragen hatte, sie verschloss die schwere Tür des Hauses und ging los zur Anhöhe.

Es war ein weiter Weg und sie würde erst am Nachmittag zurück sein. Beim Gehen dachte sie über Violetta nach und hoffte sie würde wieder gesunden. Sie mochte diese alte Frau. So viel schon hatte sie ihr beigebracht.

Helena ging unbedarft ihres Weges und sie musste ein wenig acht geben, denn die Anhöhe konnte man nicht über einen Waldweg erreichen, viel mehr, durch das untere Geäst.

Dabei konnte sie auch nicht allzu schnell vorwärts gehen, denn was hatte sie am Anfang sich den Rock zerrissen.

Als sie so aufmerksam durch den Wald ging, bemerkte Helena eine Gestalt. Sie war noch weiter entfernt und erst dachte sie, es könnte ein seltsam gebogener Ast sein, doch um so näher sie dieser Gestalt kam und so mehr erkannte sie, das es ein kleiner Zwerg war.

Er trug ein hohe Zipfelmütze, diese rot war und einen grünen Overall, den in der Mitte einen schwarzen Gürtel zierte. „Holdes Mädchen, Guten Tag, wohin des Weges wenn ich fragen darf?"

„Ich möchte zur Wiese, die vor der Anhöhe liegt. Und wer bist du, wenn ich fragen darf?" fragte Helena freundlich.

„Augustin, ich bin Augustin. Ich streiche durch den Wald und schau, dass alles in Ordnung bleibt. Was willst du denn auf der Wiese?"

„Kamille pflücken. Eine alte Frau im Dorf ist erkrankt und ich möchte ihr einen Tee zubereiten."

Der Zwerg erschrak und fragte besorgt erregend nach „Sprichst du etwas von Violetta?"

Helena stutze und bejahte seine Frage.

„Oh je, oh je. Ich helfe dir beim Pflücken. Komm schnell ich kenne noch einen anderen Weg, da läuft es sich besser."

Helena stutze etwas, warum hatte Violetta ihr nie von dem anderen Weg erzählt. „Nein, nein lieber nicht, ich kenne nur diesen Weg und ich weiß, ich werde bald da sein. Bitte sei nicht verärgert, ich kenne dich nicht und weiß nicht ob du ehrlich sprichst."

Der Zwerg war nicht verärgert, in keinster Weise, fühlte er durch Helenas Worte, das Violetta ihr am Herzen lag, denn wenn er böse Absichten gehabt hätte, wäre Helena nicht zur Kamille gekommen. Und so erwiderte er ihr: „Du bist ein gutes Ding. Ich begleite dich auf deinem Weg." Und Helena war erleichtert, dass sie auf einen guten Zwerg getroffen war. Beide gingen gemeinsam nun durch das Unterholz und unterhielten sich, auch über Violetta.

„Schon lange ist Violetta hier zu Hause. Ich kenne sie seit dem sie, mit der alten Huberta im Wald Kräuter sammelte. Gott habe sie selig. Die Huberta war auch eine alte Kräuterfrau und brachte Violetta vieles bei."

„Ja, ich weiß" antwortete Helena dem Zwerg, „Sie erzählte mir davon, und das sie dann die Arbeit der alten Frau weiterführte bis heute."

„Ja, ja, das stimmt." entgegnete der liebenswerte Zwerg Helena.

Es wird noch ein Stück dauern bis wir an die Wiese kommen, lass uns etwas ausruhen. „Lieber Zwerg ich möchte nicht. Violetta." Mehr sprach sie nicht und Augustin wusste, sie war ein Goldmädchen, und andere lagen ihr am Herzen. Das gefiel ihm. Doch er wusste auch, würde sie sich übernehmen, mit dem langen Lauf, könnte sie womöglich gar nicht mehr zurück und was würde dann aus Violetta werden. „Mädchen lass uns ausruhen, deinetwegen. Du darfst dich nicht verausgaben, du musst noch zurück, noch heute." Augustin sprach seine Worte besorgt aus und Helena verstand, was er meinte.

So setzten sich beide auf einen großen Baumstumpf und mit einer Handbewegung, als ob Augustin etwas ganz schnell aufdrehen wollte, zauberte er einen Tisch mit Essbaren herbei. Helena erschrak kurz. Doch Augustin legte seine Hand auf ihr Bein und sagte ihr freundlich „Hab keine Angst, es wird uns stärken."

Augenblicklich war die Angst in Helena gewichen.

Nachdem beide gegessen und getrunken hatten, machten sie sich wieder auf den Weg zur Wiese.

„Augustin, warum darf man nur die Kamille von der Wiese, vor der Anhöhe nehmen?" fragte Helena wissbegierig nach.

Augustin sah sie mit großen Augen an und fragte sich, ob er ihr das sagen sollte. Doch sie ist ein guter Mensch, so wie Violetta und auch die Huberta es einst war und so erzählte er Helena, warum nur die Kräuterpflanzen von dieser Wiese in Frage kommen. Und er begann „Es war einmal ein alter Mann. Der lebte mit seiner Frau in einem Dorf. Hier, wo wir gerade durch den Wald gehen, stand einst dieses kleine Dorf. Es lebten nur gute Menschen in ihm. Eines Tages wurde die Frau des alten Mannes sehr krank. Sie musste Tag ein, Tag aus, das Bett hüten und keiner wusste was sie für eine Krankheit hatte. Zu dieser Zeit trug es sich zu, dass ein Reisender in das Dorf kam, mit seiner Kutsche. Er hatte allerlei Pflanzen dabei und verkaufte sie, auch dem alten Mann, als Heilmittel für seine liebe, aber kranke Frau.

Der Reisenden blieb im Dorf ein paar Tage und so lange dauerte es nicht, bis die Frau gerufen wurde, nach dem der alte Mann von den gekauften Pflanzen einen Tee machte und sie ihn trank.

Der alte Mann war so traurig und verärgert, über den Reisenden, dass er wütend in das Wirtshaus ging. Er brüllte und schimpfte so sehr, dass das Pferd vom Reisenden aus dem Stall, in dem es Unterschlumpf fand, entfloh. Keiner hatte es je wieder gesehen. Doch der Ärger und die Trauer des alten Mannes war so groß, das er dem Reisenden nichts gutes wünschte und dieser mit seiner Kutsche versteinert wurde. Doch weil der Alte Mann unrecht hatte und ein Arzt ihm im Nachhinein sagte, dass seine liebe Frau auch ohne den Tee bald gegangen wäre, wollte er Buße tun. Doch dem Reisenden half es nicht mehr. Er war samt Kutsche versteinert und war es auch geblieben, aber der alte Mann wünschte sich, dass alles irgendwann grün bewachsen sein würde und als Berg in der Landschaft wahrgenommen werden könnte. Und das vor diesem Berg, eine wunderschöne Wiese sein sollte, mit Kräutern, die kranke wieder zum Leben erwecken sollen, so ihre Zeit noch nicht gekommen war. Das war er dem Reisenden schuldig und seiner lieben Frau."

Helena war gerührt von dieser Geschichte. Wie traurig sie doch war, aber auch schön und Violetta kannte sie, doch warum hatte sie ihr noch nicht davon erzählt?

„Aber warum hatte Violetta mir nicht auch davon erzählt?" fragte sie Augustin.

Dieser blieb stehen, sah Helena an und sagte: „Weil immer nur ich, diese Geschichte an Menschen weiter geben darf. Denn nur ich bin über die vielen, vielen Jahre noch am Leben und habe sie miterlebt, diese Geschichte. Und Menschen neigen dazu, alles auszuschmücken, da erzählen sie womöglich etwas, was gar nicht dazugehört, oder lassen etwas weg, was sehr wichtig wäre, bei dieser Geschichte. Verstehst du?"

Helena glaubte zu verstehen und wenn sie sich die Geschichte die Augustin ihr erzählte im Kopf herum gehen lassen wollte, fiel ihr diese nicht mehr ein. Seltsam.

Und nun erst verstand sie wirklich, was Augustin meinte, mit dem was er sagte, das die Menschen etwas dazu erzählen, oder gar weglassen könnten. Jeder macht sich seine Gedanken dazu und wahrscheinlich wäre es wirklich so gekommen, jeder Mensch hätte etwas von sich dazu gegeben und wer weiß, ob dann der Wunsch des alten Mannes erfüllte worden wäre, das nur hilfreiche Pflanzen auf der Wiese wachsen sollten.

Nun noch ein paar lange Schritte und dann sind beide auf der Wiese. Helena kam aus dem Staunen nicht mehr heraus. Obwohl sie diese Wiese ja schon kannte, aber irgendwie brachte sie diese immer wieder zum Staunen. Heute vielleicht, weil sie ihre Geschichte gehört hatte.

Eifrig pflückte sie die Kamille und Augustin half ihr dabei. Denn auch er mochte die alte Violetta und wollte gern, dass sie recht bald wieder auf ihren Füßen steht.

„So der Korb ist voll Augustin. Wir können wieder gehen."

Doch Augustin verabschiedete sich auf der Wiese von Helena und sagte ihr zum Abschied folgendes: „Hast du Zeit, liebe. Hast du Eile, liebe. Hast du Angst, lie-

be, liebe. Bist du in Not, rufe mich."

Helena war gerührt von Augustins Worten. Sie bedankte sich von Herzen bei ihm und fragte wissbegierig nach: „Lieber Augustin wie kann ich dich denn rufen, sollte es von Nöten sein?"

„Ich schaff es nicht. Augustin, ich brauche dich. Dann werde ich dich befreien, aus was auch immer und wo du, auch immer sein wirst, vertraue Helena und ich werde da sein."

Mit diesen Worten verschwand Augustin augenblicklich und lies die liebenswürdige, gerührte Helena im Wald allein zurück.

Und wie Helena so durch den Unterwald zurück ging, dachte sie über Augustin nach. Wenn er ihr anbot zu helfen, wenn sie in

Not wäre, wusste er etwa schon, dass das geschehen würde. Das machte ihr Sorge, doch sie erinnerte sich auch an Augustins Worte, „. liebe, liebe" und so wie sie diese Worte aussprach war die Sorge tatsächlich aus ihrem Gefühl verschwunden und sie ging so schnell sie konnte zurück zu Violetta.

Violetta, sie schlief noch fest in ihrem Bett.

Die Federkissen hüllten die alte Frau gut zu und so konnte sie schon kräftig schwitzen. Das half auch.

Doch Helena musste sich beeilen, die Sonne würde bald um das Haus ziehen und dann würde nur noch frische Luft in Violettas Zimmer kommen. Hätte sie sehr geschwitzt, könnte sie sich womöglich noch mehr erkälten. Das machte ihr etwas Sorge.

Es war nun schon später Nachmittag und endlich kam Helena wieder zu Hause an. Sie sperrte die Tür auf und ging als erstes zu Violetta ins Zimmer. Diese schlief noch und es war wirklich frisch im Zimmer. So schloss Helena das Fenster und ging sich nun um den Tee kümmern. Sie wusch die Kamille ab und setzte kaltes Wasser auf. Als das kochte, übergoss Helena die Kamillenblüten und lies sie etwas ziehen. Noch etwas Honig hinein und dann ging sie mit dem Pott Tee zu Violetta. Sanft streichelte Helena ihre Wange und sagte: „Violetta ich bin zurück, hier habe ich dir einen Tee mit einem Löffel Honig gebracht."

Violetta öffnete ihre Augen und setzte sich langsam im Bett auf. Sie fühlte, dass nun auch Helena um das Geheimnis der Wiese wusste, doch sie sprach es nicht an, denn darüber kam keinem sterblichen, je ein Wort über seine Lippen.

Und wie Violetta ihren Tee schluckweise trank und Helena ihr Gesellschaft leistete, wussten beide Frauen um ihr Geheimnis. Violetta, das Helena nun von der Wiese wusste und deren Geschichte und Helena, das Violetta ihr nichts erzählen konnte, weil nie etwas darüber über ihre Lippen kommen konnte.

Doch beider Seelen hatten gefühlt. Und wie Violetta in Helenas Augen schaute, war es, als ob eine unsichtbare Kraft in Helena aufblühte, von der sie noch nicht einmal etwas ahnte, die aber für sie, von großen Vorteil sein würde, würde sie diese Kraft für Gutes verwenden.

Violetta hatte ihren heißen Tee ausgetrunken und schlief wieder weiter. Morgen würde die Welt für sie schon wieder ganz anders aussehen, das fühlte sie.

Helena war müde von dem weiten Lauf und ging auch am frühen Abend schlafen.

Die Sterne gingen auf und sie leuchteten über den Häusern des kleinen Dorfes. Wie schön die Welt doch sein konnte, mit diesem Gefühl schlief Helena ein.

Am nächsten Morgen stand Violetta früh auf. Sie fühlte sich viel besser. Der viele Schlaf, das Schwitzen, die frische Luft im Zimmer und der Tee halfen ihr wohl sehr.

In der kleinen Küche machte sie das Frühstück und wartete schon auf Helena.

Sie kam in die Küche, setzte sich auf ihren Stuhl und trank ihren Tee. „Du scheinst dich wohler zu fühlen Violetta?" „ Danke mein Kind ja, das tu ich. Hab Dank für deine Mühen. Schmerzen die Füße noch?"

Helena lächelte „Nein ich habe ja lange geschlafen und konnte sie so ausruhen."

Violetta fühlte, Helena sagte die Wahrheit. Sie mochte die junge Frau sehr. Sie war ihr in vielem ähnlich. Und sie wusste, Helena würde alles gut weiterführen.

Das Sammeln der Kräuter, das Verarbeiten und das Helfen. Das alles lag Violetta sehr am Herzen. So lange sie schon lebte und so gern sie das auch tat, sie fühlte, ihre Zeit wird bald gekommen sein. Doch Helena lies sie das nicht anmerken. Viel zu sehr mochte sie diese junge Frau, um das sie ihr schon jetzt Sorgen bereiten wollte.

Als Violetta wieder richtig auf den Beinen war und die schlimme Erkältung Erinnerung, machten sich beide gemeinsam wieder auf in den Wald. Mit ihren vollen Körben, die Heilpflanzen nach Hause trugen, setzen sie sich

auf die kleine Bank und verarbeiteten diese.

Helena machte es Freude das zu tun.

Und immer mehr, übernahm sie den größten Teil der Arbeit.

Violetta saß manches Mal nur dabei und sah voller Freude Helena dabei zu, wie sie an ihrer Arbeit doch auch Freude hatte, das erfüllte Violetta.

„Ich werde mich zurückziehen Helena, werde etwas im Schaukelstuhl stricken." darauf hin stand Violetta auf und ging in das Haus. Helena verbrachte ihre Zeit noch im Garten. Die Sonne lachte und die Vögel zwitscherten.

Am späten Nachmittag dann, ging auch Helena zurück ins Haus. Die Sonne war gewandert und es war nun schattig und frisch. Sie räumte alles auf, so wie es sich gehörte und sah als erstes im Haus nach Violetta. Sie saß im Schaukelstuhl und strikte immer noch.

Helena setzte sich zu ihr und nahm auf dem Sofa Platz.

Violetta begann einfach zu erzählen „Weißt du mein Kind, es gab einmal ein junges Mädchen, die war damals so alt wie du, als du zu mir kamst. Sie hatte Unrecht getan. Sie wusste es auch und obwohl sie sich nicht gut damit fühlte, tat sie nichts, um es zu ändern. Sie lebte ihr Leben in einem größeren Dorf, als das unsere ist. Auch sie hatte niemanden mehr, der zu ihr hielt. Vielleicht fragst du dich was sie angestellt hatte. Nun, das will ich dir sagen. Sie war mit einem älteren Mann zusammen. Dieser schlug sie und war nicht gut mir ihr. Er trank. Und eines Tages, hatte sie so eine Wut im Bauch, warum sie sich auf diesen Unhold eingelassen hatte, sie nahm eine Pfanne und schlug ihn damit auf den Kopf. Er sank zu Boden und sie floh. Sie wusste nicht, dass er am Leben blieb. Doch egal. Sie hatte Unrecht getan. Sie glaubte, einen Menschen seines Lebens beraubt zu haben und rannte weit weg. Später fühlte sie, dass genau das, etwas mit ihr gemacht hatte. Sie fühlte sich schuldig. Du wirst dich fragen, warum. Dieser Mann war gewalttätig und sie musste sich ja wehren. Ja, da hast du recht, mit beidem. Doch sollte man gleiches mit gleichem vergelten. War sie Gott? Hätte es vielleicht eine andere Lösung für ihre Situation gegeben? Wahrscheinlich, sah sie diese damals nicht und für sie schien das, der einzige Weg zu sein. Dabei wollte sie ihn nicht töten, sie wollte ihm nur eine drüber ziehen. Und er war ja wieder aufgestanden, doch da war sie schon weg. Aber ihr Gefühl, Gutes tun zu müssen, hatte sie nicht mehr los gelassen. Und so machte sie ihr Unrecht wieder gut, an anderen Menschen und sie wurde sehr alt die Huberta.

Und auch ich mein Kind, habe eine Flucht hinter mir. Auch ich war jung an Jahren. Mir half damals die alte Huberta sehr. Sie fand mich einst im Wald, unter einer alten Eiche. Diese stand auf einer kleinen Lichtung und ich lag unter ihr, um auszuruhen. Na du junges Ding. Was hast du angestellt, dass du hier im Wald dein Lager aufgeschlagen hast? Das waren ihre ersten Worte, die sie mit mir sprach. Ich war damals auch weg gerannt. Hatte wie du, Hunger und keine Familie und so bestahl ich einen Bauern. Nahm mir Schinken und Wurst und als er mich erwischte und mit der Heugabel mir hinterher rannte, um mich zu verprügeln, nahm ich meine Beine unter die Arme und rannte wie um mein Leben. Ja, wie im mein Leben. Auch ich wusste, ich hatte ihm Unrecht getan und die alte Huberta half mir, das wieder zu bereinigen. Ich verkaufte damals viele ihrer Tees auf dem Markt, den es hier im Dorf gab und das Geld sparte ich auf, und brachte es damals, und glaube mir ich hatte große Angst, dem Bauern. Ich entschuldigte mich für mein Tun und er verzieh mir, aber es war auch schon einige Jahre her. Trotzdem ist es wichtig, Unrecht wieder gut zu machen. Wenigstens sieht der liebe Gott unseren Willen, und fühlt, dass wir es ernst meinen, mit unserer Wiedergutmachung. Siehst du Helena, ich verstand dich ganz gut, als du zu mir kamst. Wir müssen unsere Fehler gut machen. Bei den Menschen, denen wir Schaden zugefügt hatten und wenn diese nicht mehr da sind, aus welchen Gründen auch immer, dann sollten wir anderen Menschen gutes tun. Das hilft auch etwas, glaube mir, dem eigenen Gefühl.

Am Besten ist es natürlich immer, man tut unrechtes erst gar nicht." Dabei schaukelte Violetta sanft in ihrem Stuhl hin und her und Helena war erstaunt über die Geschichten die sie von ihr zu hören bekam.

Es wurde Abend und Helena bereitete das Essen für beide vor. Als es so weit war, rief sie Violetta in die Küche.

Nach dem sie beide fertig waren, räumte Helena noch etwas auf und Violetta war müde vom Tag. So ging sie zu Bett.

Helena folgte später, sie saß am Abend noch auf der kleinen Bank vorm Haus und schaute in die Sterne.

Violettas Geschichten gingen ihr noch im Kopf herum. „Würde sie den Kaufmann irgendwann einmal wiedersehen? So wie Violetta ihr alles erklärte, wäre sie froh, denn sie könnte sich bei ihm entschuldigen und ihm das Geld für das gestohlene Kleid geben. Doch Angst davor hätte sie auch, das fühlte sie schon." „Liebe, liebe" *das waren die Worte von Augustin, wenn sie Angst haben sollte, und wieder halfen sie ihr. "Wäre er auch so hilfsbereit mir gegenüber gewesen, hätte er gewusst, das ich einen Menschen bestohlen hätte?" das fragte sie sich und fand keine Antwort und so ging sie ins Haus und legte sich schlafen.*

Am nächsten Morgen kitzelten sie die ersten Sonnenstrahlen wach, sie erschrak, denn sie hatte wohl verschlafen. Im Haus war es sehr ruhig. Auch Violetta schien noch nicht aufgestanden zu sein.

Schnell hüpfte Helena aus dem Bett machte sich alltagstauglich zurecht und ging in die Küche, um das Frühstück für sich und

Violetta vorzubereiten. Als sie damit fertig war, ging Helena in Violettas Schlafzimmer, um nach ihr zu schauen. Sie machte die Vorhänge auf und sprach „Liebe Violetta das Frühstück wartet auf uns."

Doch Violetta rührte sich nicht und Helena erschrak zutiefst. Ihre liebste Violetta war gegangen, einfach so im Schlaf. Ohne ein Wort hatte sie diese Welt verlassen. Kein Händedruck, kein letztes Wort. Mit dem gestrigen Tag war wohl alles gesagt. Und nun war Helena auf sich allein gestellt. Sie saß auf Violettas Bett und weinte bitterliche Tränen. „Hätte ich das gewusst, ich hätte dir doch gestern noch einmal gesagt, wie dankbar ich dir bin, für alles war und wie gut du zu mir warst." Dabei hielt sie die Hand

Violettas fest und legte ihren Kopf sanft darauf, weinte und weinte.

Der Tag an dem Violettas Leib in die Erde gelassen wurde, war ein schwerer Tag für Helena.

Nach der Beerdigung ging Helena zurück in das Haus. Wie sollte sie nun ohne Violetta weiter machen?

Helena war müde. Die Trauer um ihre geliebte Violetta raubte ihr die Kraft und so legte sie sich auf das Sofa und schlief ein.

Helena schlief den ganzen Tag über und auch noch die Nacht hindurch und wachte erst am anderen Morgen wieder auf. Sie fühlte sich traurig, aber ausgeruht.

Wie immer und wie es sicher auch Violetta gewollt hätte, ging Helena mit dem Korb in den Wald, um wieder Pflanzen zu sammeln.

Wieder ging sie zu der Wiese vor der Anhöhe und würde erst am Nachmittag wieder zurück sein. Dieses Mal brauchte sie für sich ein Heilmittel. Am Besten Baldrian, dieser wächst auch an manchen Waldrändern und der Wald, grenzt gleich an die wunderschöne Wiese.

Wieder geht Helena durch das Unterholz und sie wünschte sich Augustin könnte ihr begegnen. Sie ist nicht in Not und deswegen möchte sie ihn nicht herbeirufen, aber sie würde gern mit jemanden lieben sprechen.

„Scheu dich nicht Helena, deine Seele ist in Not. Hier bin ich." Helena war kurz sprachlos und freute sich sichtlich „Augustin, lieber Augustin, ich habe mich nicht getraut. Danke das du gekommen bist."

„Auch ich bin traurig Helena" und Augustin machte seine Arme weit. Helena verstand, sie kniete sich und beide fielen sich in die Arme und drückten einander lieb.

„Ach wie gut das tut, lieber Augustin. Ich hatte ihr gern noch vieles gesagt."

Augustin fühlte das schwere Herz Helenas und sprach ehrlich zu ihr. „Glaube mal liebe Helena, sie wusste um deine Liebe zu ihr. Denn sie liebte dich genau so sehr. Das darfst du nie vergessen.

Und sie wird dich immer sehen denn ihre Seele lebt."

„Ihre Seele lebt?" fragte Helena nach.

„Aber natürlich. Die Seelen fühlen ja, auch wenn sie nicht im Körper sind. Ihre Seele wird dich begleiten."

Das klang so schön und das wäre so schön und auch so tröstend, empfand Helena Augustins Worte.

Nach einer Pause, die beide machten dauerte es noch einmal so lang, bis sie an der Wiese sein würden.

Endlich angekommen, half Augustin Helena ihren Korb zu füllen und ging dieses Mal wieder mit durch den Wald zurück, wenn auch nur ein bestimmtes

Stück, durch das Unterholz. Zum Abschied bedankte sich Helena und sie fielen sich noch einmal in die Arme.

So gingen beide wieder ihrer Wege. Für Helena war es beruhigend, zu wissen, dass Augustin da war. Er war so lieb und kam auch, ohne dass sie ihn rief. Das nächste Mal würde sie sich trauen, das versprach sie sich selber.

Denn vielleicht würde Augustin nicht wissen, wie er sich verhalten solle, wenn sie sich in Not fühlte, ohne in Not zu sein. Und so wüsste er, dass sein Kommen auch gewollt wäre. Aber sie war dankbar für das erste Mal, das er auch so erkannt hatte, dass sie ihn gern gesehen und gesprochen hätte. Und nun war es ihr auch schon etwas leichter ums Herz.

Helena hatte nun keine Unterhaltung mehr, nur mit sich selbst konnte sie noch sprechen. Oft dachte sie an Violetta. Das sie ihr am letzten Tag die Geschichten erzählte, so als wäre es vorbestimmt gewesen. Sie war eine ehrliche, liebenswerte Frau, die sich ihre Geschichte noch von der Seele erzählen musste, oder vielleicht demjenigen, der in diesem Haus einmal wohnen sollte. Da fiel ein Stein von Helenas Herz und die Sonne strahlte weit in das Zimmer in dem sie saß, als sie diese Gedanken hatte.

Und in diesem Zusammenhang dachte sie daran, dass die alte Frau, von einem Markt gesprochen hatte, den es hier einmal gab. Warum sollte sie diesen nicht wieder neu erwecken. Einer muss anfangen, warum nicht, sie.

Und so fühlte Helena dass sie eine neue Aufgabe hatte, eine, die sie nun ohne ihre Violetta ausführen würde.

Am nächsten Tag machte sich Helena Gedanken, wie sie dass alles bewerkstelligen könnte. Denn die Vorratskammer mit Essen würde alsbald leer sein. Und von irgendetwas musste sie ja leben. Denn sie wusste noch nicht, ob nach Violettas Ableben, die Dorfbewohner auch ihr vertrauen würden und sie ihnen den Tee nach Hause bringen dürfte, da gab es für Violetta immer ein paar Pfennige mehr.

So machte sie sich an die Arbeit und vergrub sich in ihr.

Und beim Tun dachte sie manchmal auch noch an Rosalie. Wo würde sie wohl sein?

Rosalie saß mit Valentin noch am Tisch und begann ihm ihre Geschichte zu erzählen. „Ich war die einzige Tochter sehr armer Leute. Als meine Eltern beide gegangen waren, blieb ich allein zurück. Die erste Zeit hatte ich noch zu essen, aber irgendwann, war alles aufgebraucht.

Ich litt Hunger. In der Gastwirtschaft bot man mir eine Arbeit in der Küche an. Das tat ich, aber ich war nicht zufrieden. Ich lernte ein anderes Mädchen kennen, die da auch arbeitete, Helena, sie war auch allein. Ich stiftete sie an, mit mir einen reichen Kaufmann zu bestehlen. Ich nahm ihm

Geld ab und Helena nahm ein Kleid, indem sie dann floh, weil wir fast aufgeflogen waren. Unterwegs auf der Flucht, hörten wir eine Kutsche und sprangen in den Wald vor Angst erkannt zu werden. Ich versteckte mich hinter einem dicken Bauchstamm, doch Helena lief wohl weiter. Ich habe nie mehr etwas von ihr gehört."

Mit gesengtem Blick saß Rosalie da und wartete auf eine Reaktion von Valentin.

Dieser sah sie ernst an und fragte, als ob er nicht zugehört hätte „Gestohlen hast du also. Wolltest du mich auch bestehlen?"

Rosalie sah Valentin an und sagte „Nein! Nein, ich wollte dich ganz bestimmt nicht bestehlen. Ich wollte Arbeit. Doch egal wo ich hinkam, es war wohl nichts für mich. Immer geschah irgendetwas und ich wurde verjagt und ja, ich war sicher auch vorlaut. Aber ich hatte Hunger und Durst und keine Bleibe."

Valentin erkannte das Rosalie es mit ihm wenigstens ehrlich meinte.

Ihre Arbeit auf dem Feld machte sie gut und er könnte schon noch eine Arbeitskraft brauchen, auch eine Frau auf seinem Hof.

„Wenn du willst kannst du bleiben. Aber keine Mätzchen. Haben wir uns da verstanden?"

Rosalie nickte erleichternd und atmete auf. Endlich würde sie ein zu Hause haben, irgendwo hingehören.

So arbeiteten beide Hand in Hand auf dem Feld, auf dem Hof

und kamen sich mit der Zeit auch näher.

Und nach einem Jahr gemeinsamer Zeit auf dem Hof, gab es eine Bauernhochzeit.

Valentin und Rosalie verstanden sich gut und beide waren sie fleißig und Gefühle hatten sie auch füreinander, und so machte beiden das gemeinsame Leben auf dem Hof Freude.

Mit der Zeit hatten sie auch anderes Gemüse angebaut und so konnte Rosalie, das später auch auf dem Markt zum Verkauf anbieten.

Das bereitete ihr große Freude und Valentin war stolz auf seine Frau.

Bald jedoch hatten sie so viel Gemüse, das sie auf mehreren Märkten sein konnten. Mitte der

Woche stand Rosalie am Marktstand in ihrem Dorf und am Ende der Woche fuhren beide mit ihrem Wagen in das nächste größere Dorf, um dort ihre Waren anzubieten.

Das Treiben im Ort gefiel Rosalie. Es war eine Abwechslung zur schweren Feldarbeit.

Und wenn sie so an ihrem Marktstand war und in die Gegend schaute, um die Menschen direkt anzuschauen und ihnen ihr Gemüse zu verkaufen, hoffte sie manchmal inständig, Helena zu begegnen. Doch Helena war nicht da. Nicht in diesem Ort. Dabei wollte sie ihr so gern sagen, wie leid es ihr tat, dass sie sie damals zum Stehlen angestiftet hatte. Sie hoffte inständig, dass es Helena gut gehen würde, denn sie fühlte sich wohl seit einigen Jahren bei Valentin und wünschte sich auch für Helena, dass sie ein gutes Zuhause gefunden hat.

Helena derweil hatte mit ihren Vorbereitungen zu tun. Sie machte Sud und Tinkturen, Salben und Tees.

Es machte ihr Freude. Und dabei dachte sie immer wieder an Violetta, aber auch an Augustins Worte „Ihre Seele fühlt dich Helena." Das tat ihr gut. So fühlte sie sich nicht, so allein. Doch viel, viel lieber wäre ihr ein Mensch, aus Fleisch und Blut, der sie lieben könnte.

Am nächsten Morgen machte sich Helena auf, im Dorf nachzufragen, ob nicht auch die anderen wieder einen Markt im Dorf haben wollten. Der Metzger, der Korbmacher, die Blumenliesel, der Tischler. Alle könnten doch ihre Waren zur Schau stellen. Die Leute müssten nicht von einem zum anderen laufen und lange Wege gehen, sondern einmal die Woche, wäre alles an einem Ort versammelt. Man kann kaufen und sich treffen, erzählen und staunen.

Damit hatte Helena den Punkt getroffen.

Viele waren einverstanden, vor allem die Alten des Dorfes, die nicht mehr so gut zu Fuß waren.

Und so wurde entschieden, dass schon im nächsten Monat, in der Mitte jeder Woche, ein Markt abgehalten werden würde.

Die Zeit verging und der erste Markt rückte näher.

Helena hatte immer unglaublich viel zu tun, denn schließlich konnte sie sich nicht nur, mit ein paar Tinkturen hinstellen.

Allein das Sammeln der Kräuter dauerte ja und sie liebte es. Die frische Luft und die wunderschöne Gegend.

Am ersten Markttag war noch nicht so viel geschehen, wie es sich Helena ausgemalt hatte, aber sie gab nicht auf.

Der zweite Markttag war schon besser, es trauten sich immer mehr Leute an ihren Stand und die Liebenswürdigkeit Helenas, lies sie auch immer wieder zurück kehren zu ihr.

Ihre Tees und Tinkturen liebten die Dörfler mit der Zeit und sie haben nichts auf Helena kommen lassen, so wie einst auch nicht auf Violetta und auch nicht auf die alte Huberta.

Das fühlte Helena und empfand sich immer mehr im Dorf zu Hause.

Helena hatte nun so viel, was sie verkaufen könnte und machte sich Gedanken darüber, ob sie nicht einen zweiten Markttag in einem größeren Dorf anbieten sollte.

Geld hatte sie nun, um einen Karren zu kaufen, und ein Gespann, so dass sie nicht laufen müsste.

Ein paar Nächte schlief sie darüber und machte es, wie sie es sich ausgemalt hatte. Sie nannte ein Pferd ihr Eigen, auch einen Karren und so konnte sie nun zum Ende der Woche an einem größeren Markt teilnehmen.

Sie baute ihren Stand auf und war guter Dinge. Ihr Gegenüber, war eine Frau in ihrem Alter, die Gemüse aufstapelte und sichtlich Freude dabei hatte, genau wie sie bei ihrem Tun. Ein älterer Mann rief ihr zu „Rosalie nicht so hoch, sonst sammelst du vielleicht alles vom Boden wieder ein."

„Ich passe schon auf Valentin." antwortete Rosalie und in diesem Moment sahen sich die beiden Frauen an und konnten es gar nicht glauben.

Sie gingen schnellen Schrittes aufeinander zu, „Rosalie", „Helena" beider lagen sich in den Armen und lachten. Rosalie weinte und sagte „Es tut mir so leid Helena, damals das Stehlen, ich hatte dich doch dazu ermuntert."

Doch Helena bat Rosalie einzuhalten „Ich war alt genug, ich hätte einfach nicht mit machen sollen. Dabei war ich so dumm, mir das Kleid auch noch überzuziehen."

Beide lachten wieder und hatten Tränen in den Augen. „Wie schön dass wir uns wieder treffen dürfen. Sag, wie ist es dir ergangen?" fragte Helena nach. „Das erzähle ich dir alles nach dem Markt Helena. Du kommst zu uns auf den Hof, danach da haben wir sicher etwas Zeit."

Helena war einverstanden und freute sich über Rosalies unerwartete Einladung.

Auf dem Markt herrschte reges Treiben an diesem Tag. Und Helena verkaufte viel. Ihre Arbeit der letzten Tage und Wochen war nicht umsonst. Und das sie Rosalie wieder getroffen hatte, freute sie sichtlich. Auch Rosalie und Valentin hatten an diesem Markttag gut zu tun. Die Menschen rissen ihnen ihr Gemüse fast aus den Händen.

Und als die Stände leerer wurden und sie Sonne langsam in den Westen zog, räumten alle Marktschreier ihre Stände auf. So auch Helena und Rosalie.

Valentin saß allein auf seinem Karren Richtung Hof und Rosalie fuhr bei Helena mit. Die beiden hatten sich so viel zu erzählen, dass sie einfach nicht mehr warten wollten, bis sie auf Valentins Hof ankamen.

Dort unterhielten sich beide angeregt weiter und erfuhren so, wie beide ihren Weg bisher meisterten, durch ehrliche Arbeit die beiden sehr viel Erfüllung schenkte.

Und auch beide waren sich im Klaren darüber, dass sie dem Kaufmann gern ihre Schuld begleichen wollten. Helena hatte Geld gespart. Das hatte sie noch bei Violetta verdient und diese sagte damals schon, „Du wirst Geld verdienen und es aufsparen, bis du den Kaufmann irgendwann wieder treffen wirst. Du wirst es fühlen, wenn er dir begegnet."

Auch Rosalie hatte Geld weggelegt, um den Schaden wieder gut zu machen. Doch ob sie diesen Mann je wieder treffen würden, das wusste keiner der jungen Frauen.

Durch ihre Unterhaltung erkannten sie nun, dass sie gar nicht so weit auseinander lebten, und so ein reger Austausch doch hin und wieder auch in Zukunft stattfinden könnte. Das freute beide.

Und so war auch keiner von ihnen, schwer ums Herz, als sie sich verabschiedeten. Helena fuhr vom Hof zurück in Violettas kleines Haus.

Zufrieden und glücklich schlief sie ein. Und auch Rosalie hatte einen schönen Tag verbracht und schlief an Valentins Seite aufgehoben ein.

Die Markttage forderten immer wieder viel Einsatz von Helena. Doch sie scheute keine Mühe.

Als sie wieder einmal im Wald unterwegs war, sah sie ein kleines Rehkitz. Es war allein ohne Familie. Helena wollte nicht weiter gehen, um zu sehen, ob nicht doch noch die Mutter in der Nähe war und setzte sich auf einen umgefallenen, langen Baumstamm.

Sie verweilte ruhig. Doch es war nichts zu sehen. So schlich sie sich leise an das Kitz heran und redete ihm gut zu. Wie nur sollte sie es mit nach Hause holen? Wenn es nicht zutraulich wird, und mit ihr läuft, wird es allein bleiben und sterben müssen. Sie gab ihr Bestes und mit großen, rehbraunen, scheuen Augen sah dieses kleine Geschöpf sie an. „Hab keine Angst. Wenn du magst kümmere ich mich um dich." sprach Helena leise und sanft zum Rehkitz. Dieses blieb wie angewurzelt stehen und schaute sie nur an. Eine Weile sprach sie mit ihm. Doch sie musste auch ihre Kräuter sammeln. Würde das Tier mit ihr gehen, bis zur Wiese und dann auch noch zurück zum Haus? Oder sollte sie lieber umkehren und morgen noch einmal losgehen, um ihre Kräuter zu sammeln. Helena war sich nicht sicher. Doch sie entschied sich umzukehren und redete dem kleinen, hübschen Geschöpf immer gut zu. Das fasste zu ihr Vertrauen und lief ihr nach.

Als sie beide am Haus ankamen, lies Helena das Rehkitz in den Garten und sperrte gut ab.

Sie musste ihm Nahrung geben. Milch.

Schnellen Schrittes ging sie zur Schäferei. Hans war gerade bei der Arbeit im Stall und Helena erzählte vom Rehkitz, das nun bei ihr wohnte.

Hans hatte alles da. Schafsmilch, auch kleine Flaschen noch aus der Anfangszeit. Denn war ein Schaf gestorben nach der Geburt, musste er seine Lämmchen auch mit einer Milchflasche großziehen. So konnte er Helena helfen. „Wegen der Milch komm ruhig, ich gebe sie dir umsonst. Dem kleinen Geschöpf muss doch geholfen werden."

Und so zog Helena das Kitz groß. Als es dann mehr als ein halbes Jahr schon sein zu Hause bei Helena hatte, gab sie ihm dann auch Obst und Gemüse zu fressen. Doch eines blieb. Das Rehkitz schlief im Flur auf einer warmen

Wolldecke. Und es lief Helena gern nach, vor allem wenn sie in den Wald ging.

Eines Tages als beide unterwegs waren, trafen sie Gertrud. „Ihr beide wieder unterwegs. Wie heißt er denn?" wollte sie wissen.

„Ich habe ihm keinen Namen gegeben, denn ich glaube dass es wieder in Wald gehen kann, wenn es alt genug ist. Es ist doch seine natürliche Heimat und hier hat er alles, was er braucht. Und wenn er möchte, kann er mich besuchen kommen." antwortete Helena freundlich.

„Es wird noch ein bisschen dauern. Der Förster weiß aber schon Bescheid. Er wird helfen."

Es vergingen noch Monate und das Reh hatte nur mit Helena Kontakt. Beide mochten sich sehr und es dauerte Helena, dass sie es wieder hergeben musste, aber sie wusste, der Wald war seine Heimat und würde es auch wieder werden.

Schließlich sollte es in Freiheit leben dürfen.

So kam der Tag und der Förster holte das Reh ab. Helena war etwas schwer ums Herz, aber sie wusste sie hatte ihm geholfen zu überleben und irgendwann wird es sicher eine eigene Familie gründen. Da war sie sich sicher.

Es waren Wochen vergangen und als Helena aus dem Fenster sah in den Garten, sah sie die welken Blumen. Die bunten Blätter der Bäume und jetzt sah sie es, der Herbst hatte Einzug gehalten.

Es wurde allerhöchste Zeit, Reisig zu sammeln.

Das hatte sie durch die vielen Arbeiten für die Märkte ganz vergessen. Was hätte wohl Violetta dazu gemeint?

So nahm sie ihren Korb und machte sich auf, in den Wald.

Am Waldesrand stand ein Reh. Es schaute zu Helena und es rannte vor ihr nicht weg. „Bist du es? Du bist es! Ach wie schön, das du mich noch kennst. Ich hoffe dir geht es gut mein liebes." mit freundlicher Stimme begrüßte Helena das Reh und es blieb mehrere Augenblicke stehen, um dann doch weg zu laufen. Doch so nah kommt kein Mensch an ein Reh, wenn das Reh den Menschen nicht kennt. Das fühlte Helena und freute sich, nach Wochen ihren Liebling wieder gesehen zu haben. Die Auswilderung hatte er also gut überstanden. So ging sie weiter ihren Weg und bückte sich immer, um den Korb zu füllen. Und als dieser voll mit Reisig war, ging sie wieder zurück nach Haus.

Die laute Wirtin stand schon vor ihrem Gartentor und wartete auf Helena. „Thea ist etwas geschehen?" fragte Helena besorgt.

„Kannst du bitte einen von deinen Tees mitbringen. Ein Gast, der seit einigen Tagen bei uns ist, dem geht es nicht gut. Meine Hühnerbrühe hat kein Wunder vollbracht. Da fiel mir nur noch ein, dich zu fragen Helena."

„Ja, um Gottes Willen, was hat er denn?"

„Er liegt im Bett, seit Tagen und rührt nichts an. Ihm tun alle Glieder weh." sagte Thea.

„Ja gut Thea. Einen Moment, ich hole einen Tee." Helena ging in die Vorratskammer neben der Küche und mischte einige getrocknete Pflanzen miteinander, in ein kleines Säckchen. Pfefferminze, Lindenblüten, Thymian, Salbei und Holunderblüten. Damit begleitete sie, die aufgeregte Thea zur Wirtsstube. Thea zeigte ihr das Zimmer, das der Fremde bewohnte und Helena klopfte an. Mit leiser Stimme vernahm sie „Herein" so trat sie ein. „Entschuldigung, aber die Wirtin meinte, ich sollte mal nach ihnen schauen. Ich habe einige Kräuter gemischt und diese werden gerade mit heißem Wasser übergossen. In ein paar Minuten können sie den Tee dann schluckweise trinken. Geht es ihnen denn so schlecht?"

„Ich werde wohl sterben müssen." antwortete der Fremde und Helena sprach „Ich werde einen Arzt kommen lassen. Bleiben sie ruhig. So schnell stirbt man nicht."

Helena ging aus dem Zimmer, hinunter zur Wirtin und holte den Tee, aber lies Thea auch wissen, sie solle Konstantin mit dem Wagen ins nächste Dorf fahren lassen, um dem Arzt Bescheid zu geben, dass er hier gebraucht würde. Denn Helena hatte so ein Gefühl, dass es doch schlimmer sein würde, als eine Erkältung.

Thea tat, um was Helena sie bat und Helena ging hinauf mit den Tee zum Gast. Der Fremde richtete sich in seinem Bett auf und Helena half ihm dabei. Er war ein freundlicher Mensch. Langsam schluckte er den zubereiteten

Tee und Helena leistete ihm Gesellschaft. Sie öffnete das Fenster, um so frische Luft herein zu lassen. „Bitte lassen sie sich gut zugedeckt. Aber die frische Luft muss sein." Er nickte dankbar. Nach dem er den Tee getrunken hatte, nahm Helena ihm die Tasse wieder ab und ging aus dem Zimmer. Irgendwie beschlich sie ein Gefühl, das sie ihn kennen würde. Doch woher? Der Arzt war verständigt und würde noch am Abend ins Dorf kommen. Helena hatte alles getan, um diesem Fremden zu helfen. So ging sie nach Hause. Am Haus angekommen, kümmerte sie sich nun, um den Reisig im Korb. Danach machte sie noch etwas Hausarbeit und ging später zu Bett.

Als sie in ihrem Bett lag und in ihre Lade, die neben dem Bett stand schaute, obwohl sie so gut wie nie hineinschaute, weil da nichts drinnen lag, was sie zum Einschlafen benötigen würde, sah die das gesparte Geld, welches sie schon lange aufbewahrte und wie ein Geistesblitz durchfuhr es Helena. Der kranke Fremde, das war der reiche Kaufmann, den sie vor vielen Jahren mit Rosalie bestohlen hatte. Violetta hatte recht, sie würde es fühlen, würde er vor ihr stehen. Ruhig schlief Helena ein.

Am nächsten Morgen erkundigte sie sich bei Thea, wie es dem Fremden gehen würde. Sie erzählte ihr, das der Arzt noch da war am gestrigen Abend und sie im die Arznei verabreicht hatte und das er wohl ruhig die Nacht verbracht hatte. „Bitte Thea wenn es ihm wieder besser geht, *gib mir Bescheid. Es ist wichtig für mich."*

„Ja mache ich, aber warum?"

„Nichts für ungut Thea, aber das kann ich dir nicht sagen."

Und so vergingen einige Tage und Thea gab Helena Bescheid, dass der Fremde nun wieder auf Reisen gehen wollte. Helena nahm ihr Geld und ging mutig in das Wirtshaus. Dort traf sie ihn, und bat ihn um ein Gespräch. Der Fremde wunderte sich, doch willigte ein und Helena erzählte ihm, dass sie damals das Mädchen war, die ihm eines seiner Kleider gestohlen hatte. Dabei hielt sie ihm das Säckchen mit dem Geld hin. Er schaute sie nur an und meinte freundlich „Ja, ich erinnere mich, aber da war doch noch eine andere. Ihr wart doch zu zweit. Wir haben euch überall gesucht, aber nicht gefunden. Warum hattet ihr das denn getan?"

„Wir waren dumm. Wir waren einsam. Verzeiht bitte. Auch Rosalie hat es bereut und würde sich gern bei ihnen entschuldigen. Wenn sie möchten, sage ich ihr, dass sie hier sind und sie könnte her kommen."

Der Fremde lächelte und wies das Geld von sich.

Kopfschüttelnd sprach er: „Nein. Lassen sie nur. Es gehört sehr viel Mut dazu einen Fehler einzugestehen. Und wie ich sehe, haben sie fleißig gespart, um ihn wieder gut zu machen. Es ist schon so lange her, aber ich hätte sie nicht erkannt und wenn sie nicht so ehrlich gewesen wären, mich anzusprechen und mir alles zu gestehen, wäre ich doch auch ohne ihr Geld weitergezogen. Also verwenden sie es bitte für eine gute Sache. Versprechen sie mir das?"

Helena war sprachlos. Und doch stammelte sie „Ja das tu ich gern, haben sie vielen Dank. Sie sind sehr großzügig."

Dabei fiel Helena ein Stein vom Herzen und eine Last von ihrer Seele. Der Fremde jedoch zog weiter und es dauerte nicht lang, bis Helena ihn wieder sah.

Er setzte auf seine Kutsche auf und fuhr aus dem Dorf und als er kurz vor dem Hof war, der Valentin gehörte, brach die Wagenachse. So konnte er nicht weiter und er ging zu Fuß zum Hof und bat um Hilfe.

Rosalie erkannte ihn sofort. Auch sie holte ihr Geld und entschuldigte sich bei ihm. Doch auch ihr Geld nahm der Fremde nicht an und verzieh ihr.

Valentin und der Fremde reparierten den Wagen und gerade als er los wollte, kam Helena mit ihrem Wagen zum Hof gefahren. „Rosalie, Rosalie" rief sie lauthals und war so aufgeregt, dass sie ihr nun von dem Wiedertreffen mit den Kaufmann erzählen konnte und rannte, genau diesem Mann in die Arme.

Und er lies Helena nicht wieder einfach so fahren.

So nahmen die Geschichten von Rosalie und Helena ein gutes Ende. Beide lebten glücklich mit ihren Männern zusammen bis an ihr Lebensende.

Und Augustin bewacht noch immer den großen Wald, um die Dörfer in dieser Gegend.

Von Marion Jana Goeritz ebenfalls beim Verlag BoD erschienen (BoD Books on Demand, Norderstedt, nähere Informationen finden Sie unter www.BoD.de)

„Liebe für die Seele Band 1"
ISBN 978-3-7357-4045-8

„Liebe für die Seele Band 2"
ISBN 978-3-7357-7734-8

„Seelenweiß"
ISBN 978-3-7347-5769-3

„Seelen essen Liebe gern"
ISBN 978-3-7347-8706-5

„SeelenEngel" ein spiritueller Erfahrungsbericht
ISBN 978-3-7386-2588-2

„SeelenSchlüssel"
ISBH 978-3-7386-3844-8

„Seelenfarben"
ISBN 978-3-7386-3947-6

„Seelenschimmer"
ISBN 978-3-7386-4014-4

„Seelenfinden"
ISBN 978-3-7386-4037-3

„Ein Gefühl meiner Seele"
ISBN 978-3-7386-1506-7

„Seelenfrieden" Danken, Bitten, Entspannung ein persönlicher Erfahrungsbericht
ISBN: 978-3-7386-4884-3

„Seelenweihnacht"
ISBN: 978-3-7386-5616-9

„Im Land unter dem Regenbogen" Wunderbare Märchen und unglaubliche Geschichten
ISBN: 978-3-7392-0115-3

„Freddy und seine Geschichten"
ISBN: 978-3-7386-3321-4

„SeelenWorte"
ISBN: 978-3-7392-0455-0

„Herzanker"
ISBN: 978-3-7392-3482-3

„Im Fluss der Liebe"
ISBN: 978-3-7392-3489-2

„Seelenklänge"
ISBN: 978-3-7392-3532-5

„Liebeslied"
ISBN: 978-3-7392-3548-6

„Wahre Traumtänzerin"
ISBN: 978-3-7392-3556-1

„Emilia Sommerfeld"
ISBN: 978-3-7392-3787-9

„Für mich war es Liebe"
ISBN: 978-3-8423-5362-6

„Kaleidoskop"
ISBN: 978-3-8423-5738-9

Weitere Informationen zu Neuerscheinungen finden Sie immer auf meiner Seite

www.buchkaleidoskop.Reikipraxis-Goeritz.de